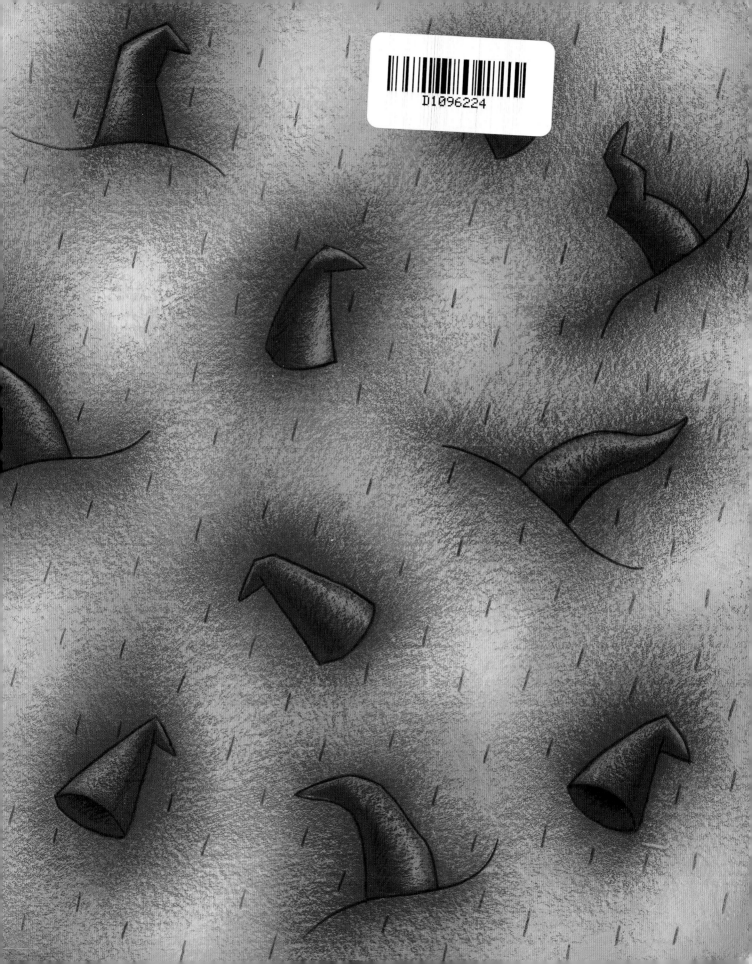

Dierick, Alain
Lluvia de magia - 1a ed. - Buenos Aires : Unaluna, 2010.
32 p. : il. ; 21,5 x 25,5 cm.
Traducido por: Jeannine Emery
ISBN: 978-987-1296-68-2 (Argentina)
ISBN: 978-84-937557-3-7 (España)
1. Literatura infantil Belga. I. Jeannine Emery, trad. II. Título
CDD B840.928 2

Título original: *Een regen van magie!*

Texto e ilustraciones: Alain Dierick

Traducido por: Jeannine Emery

ISBN: 978-987-1296-68-2 (Argentina)

ISBN: 978-84-937557-3-7 (España)

Publicado originariamente en Bélgica y Holanda en 2005 por
Clavis Uitgeverij, Hasselt-Ámsterdam.

Texto e ilustraciones © 2005 Clavis Uitgeverij, Hasselt-Ámsterdam.

© 2010 Unaluna
© 2010 Editorial Heliasta SRL

Distribuidores exclusivos: Editorial Heliasta SRL
Juncal 3451 (C1425AYT) Buenos Aires, Argentina
Teléfono - Fax: (54-11) 4804-0472 / 0119 / 8757 / 0215
editorial@unaluna.com.ar / www.unaluna.com.ar

Queda hecho el depósito que establece la Ley 11.723.
Libro de edición argentina.
Impreso en China, marzo 2010.

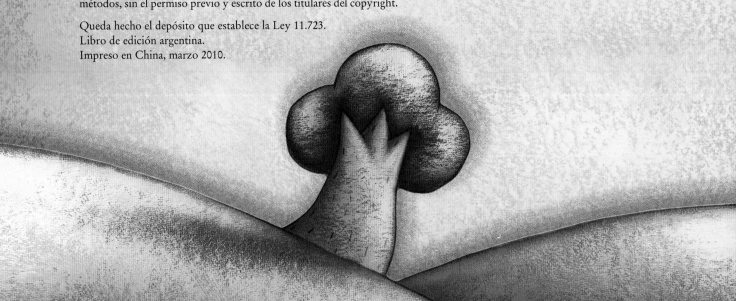

Alain Dierick

¡Lluvia de magia!

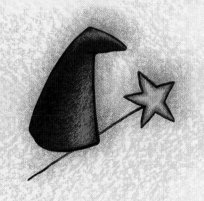

unaLuna

¿Qué **gotea**, qué **chisporrotea** sobre mi cabeza?

¿Qué **susurra**? ¿Qué **repiquetea**?

Rayos, ¡está lloviendo!

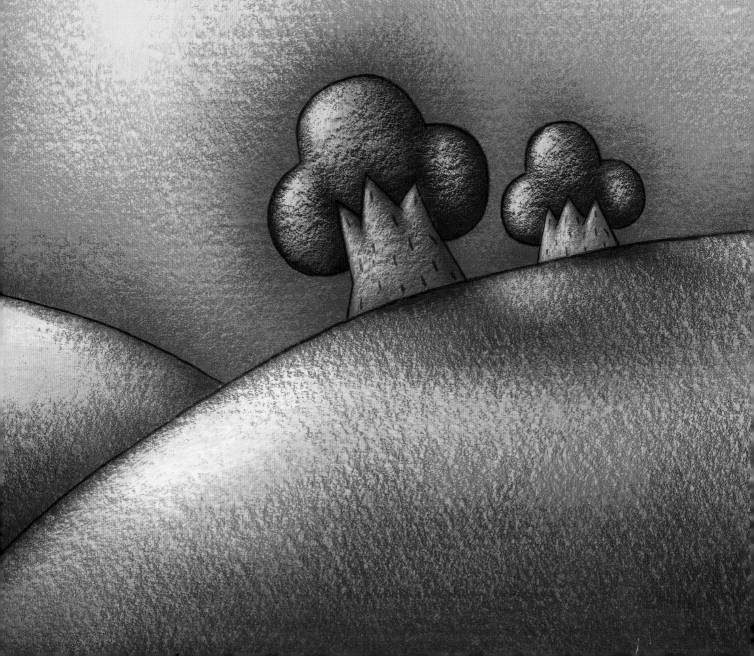

Pero con un buen paraguas,

esperaré a que pase la **tormenta.**

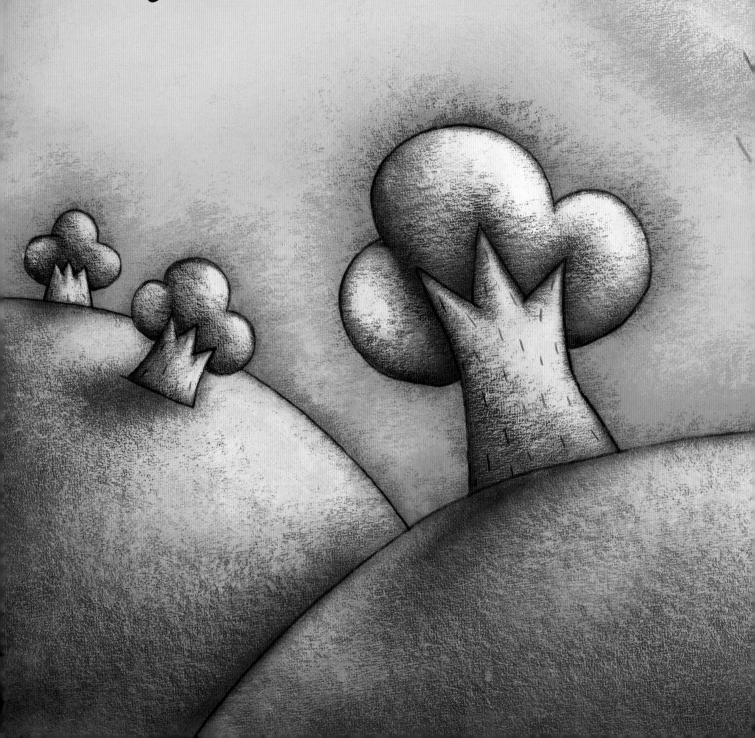

¡Relámpagos!

¿Qué diablos es eso?

¿Una nube que camina?

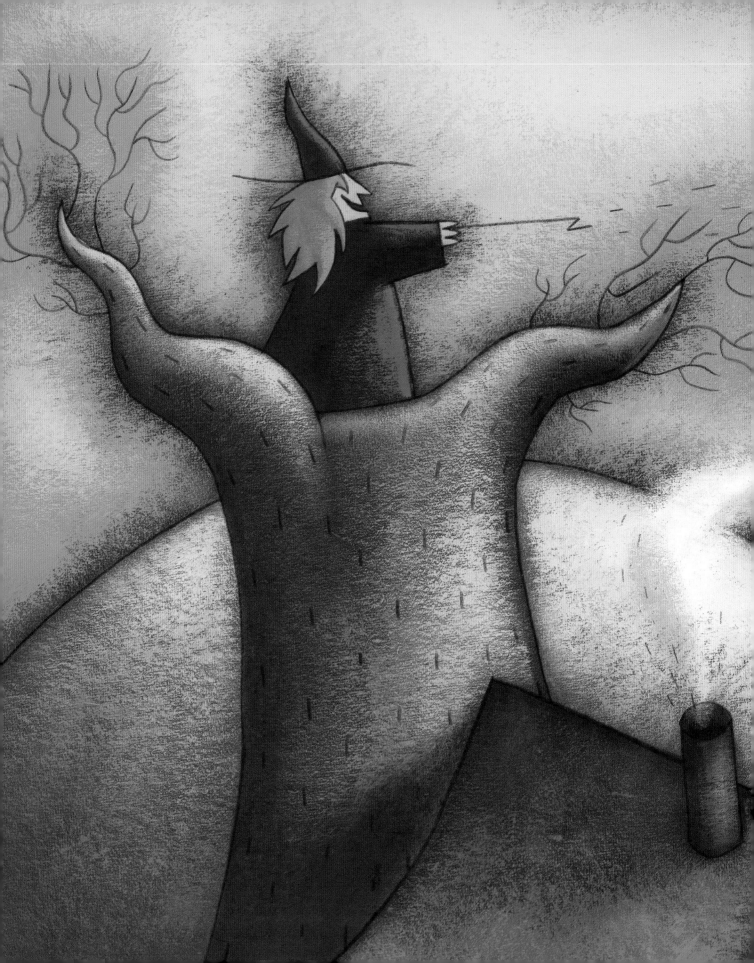

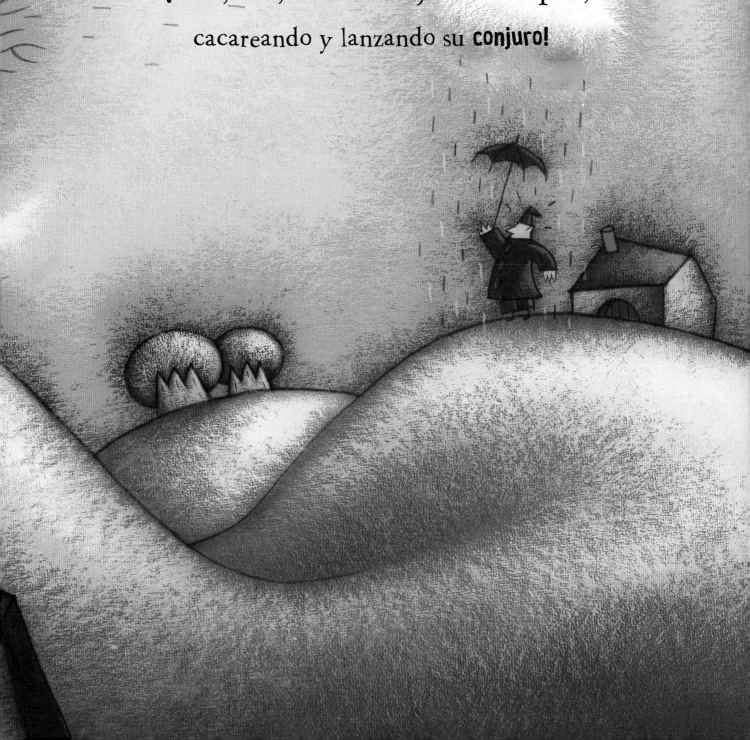

¡Oh, no, es la bruja Malarpía,

cacareando y lanzando su **conjuro!**

Centellas,

¡no lo permitiré!

¿Dónde puse mi varita?

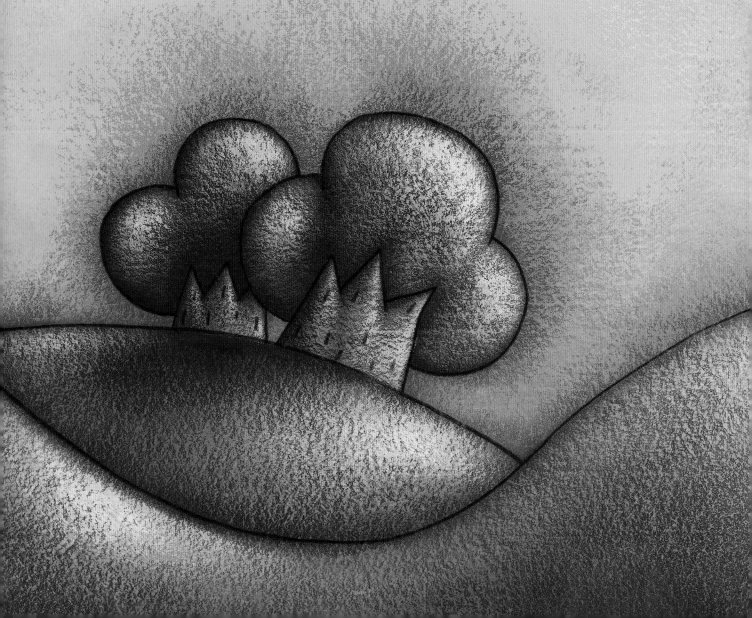

¡Zan, Zin, Zon...!

¡Todo ese **aguacero**...

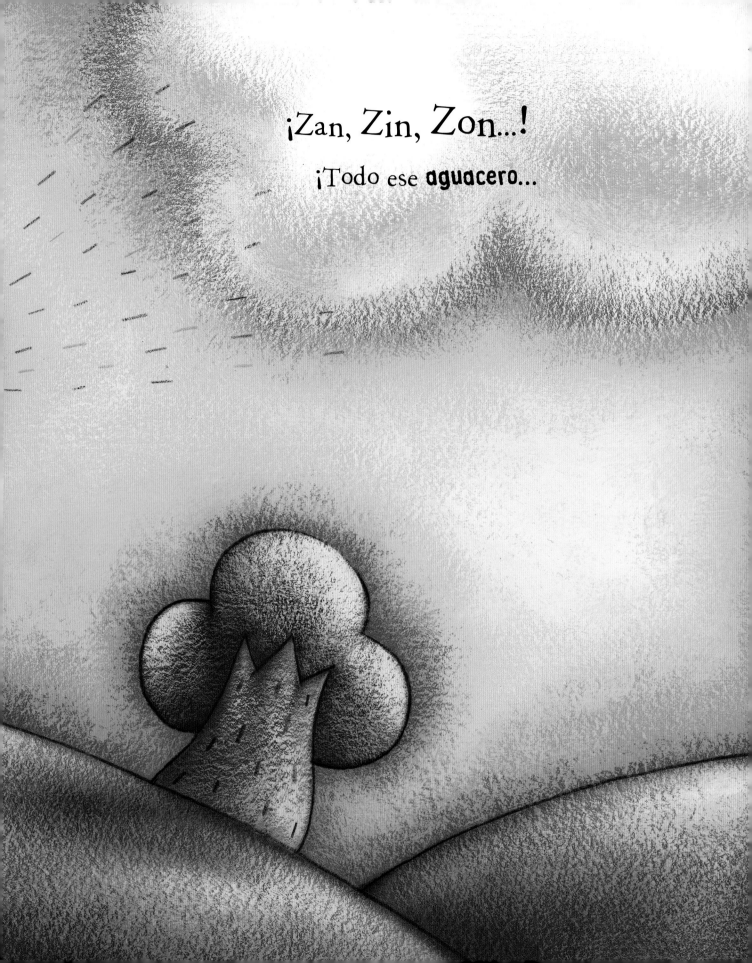

...abracadabra, a otro lado vaya a **parar!**

Ahora sí, que llueva sin **cesar.**

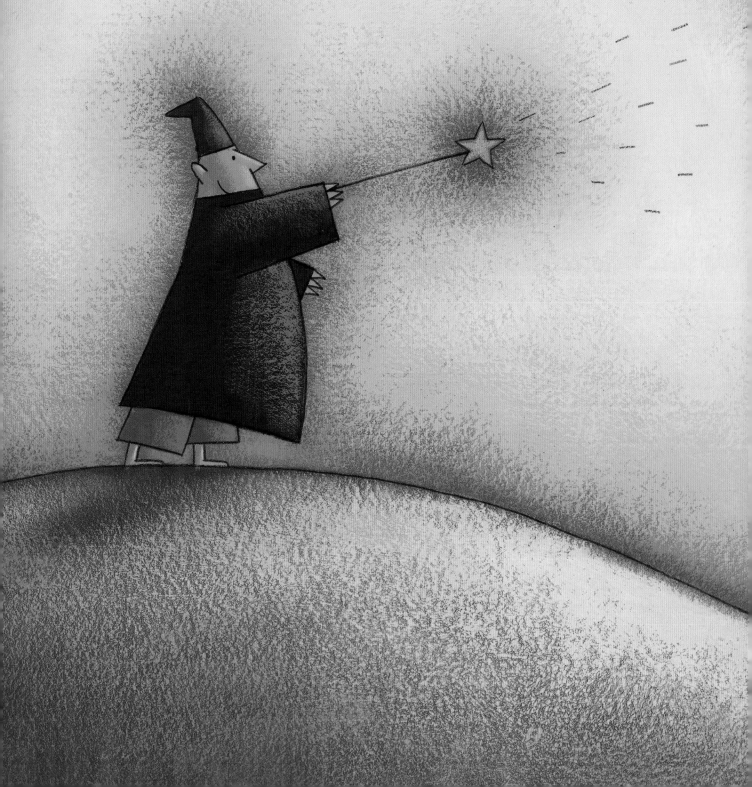

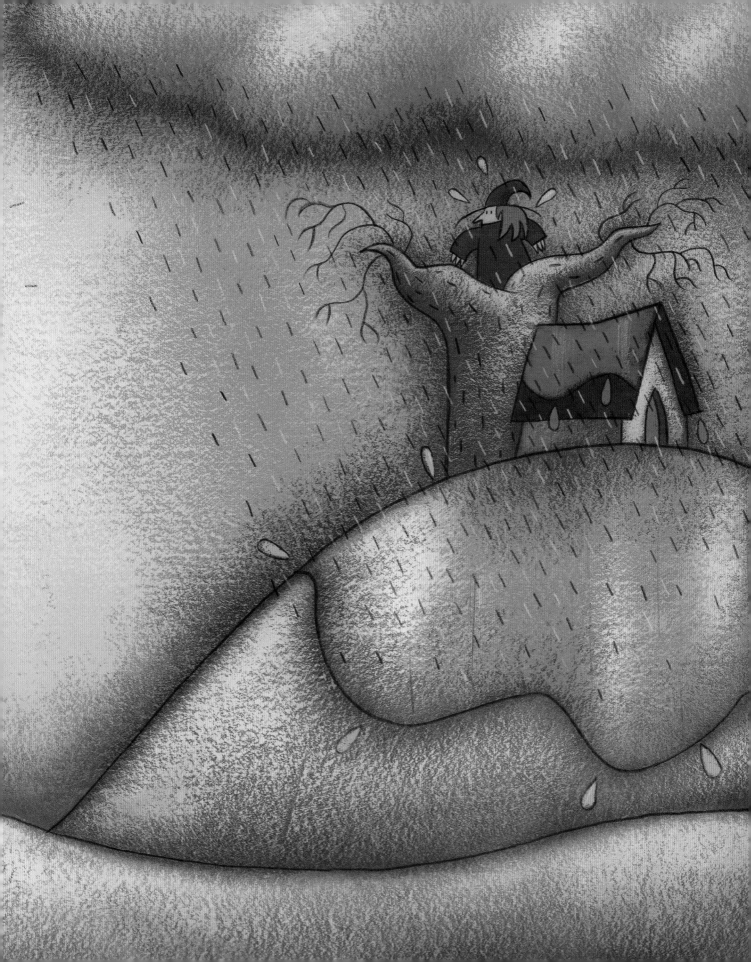

Malarpía se aleja **enfadada**...

Bajo el cabello húmedo y desaliñado

planea la **venganza**.

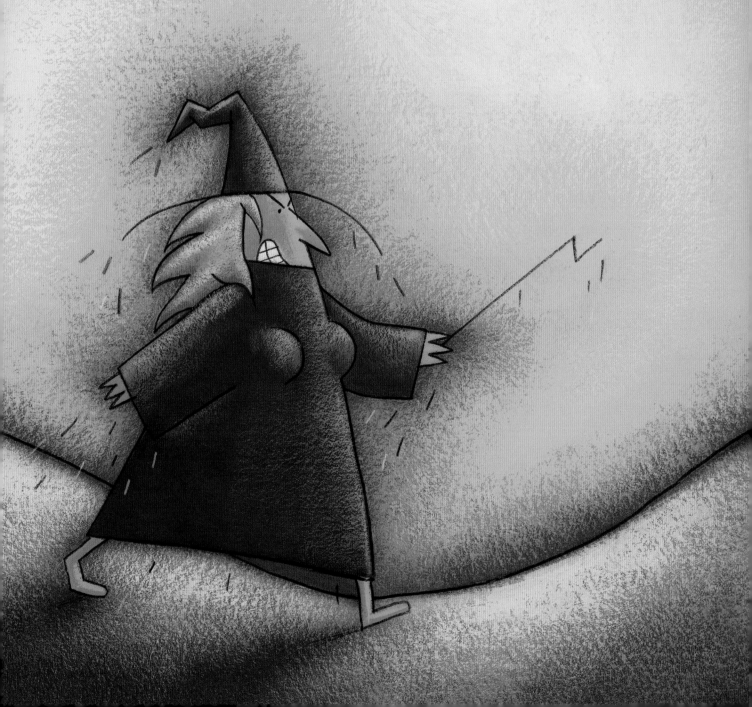

Ya lo ven, lo sabía, comienza el **maleficio.**

Malarpía se prepara para el **estropicio.**

La varita traza un círculo y...

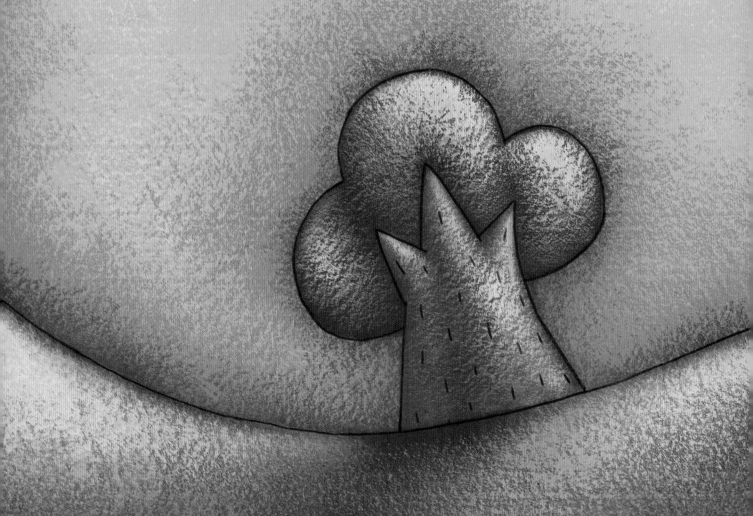

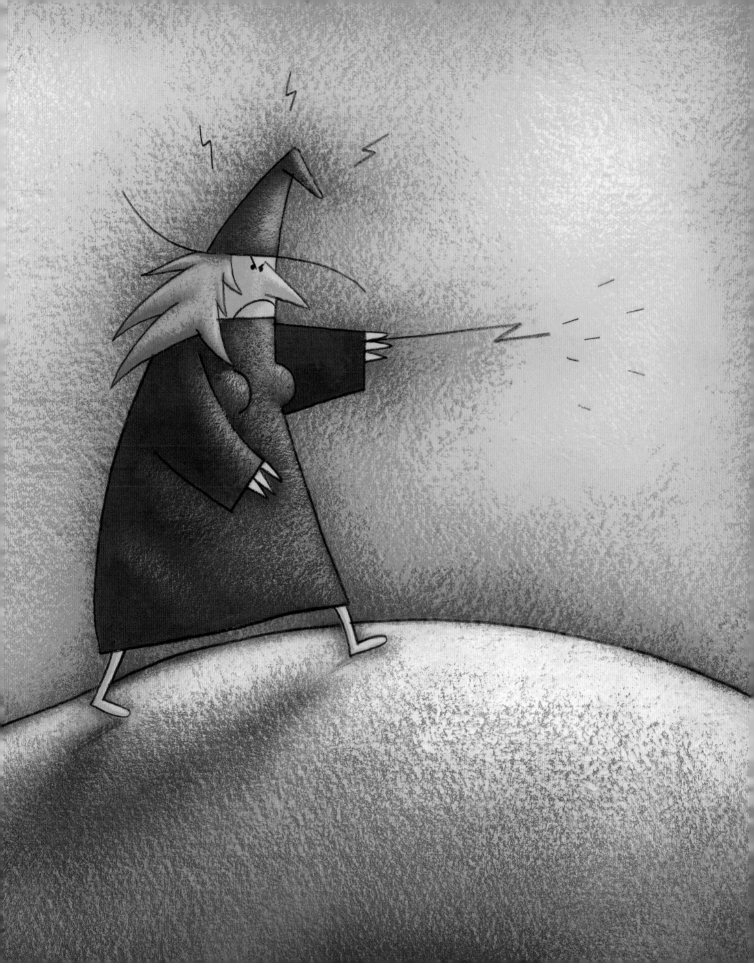

Zambomba, ya no **llueve**.

Ahora enterrado estoy en la **nieve**.

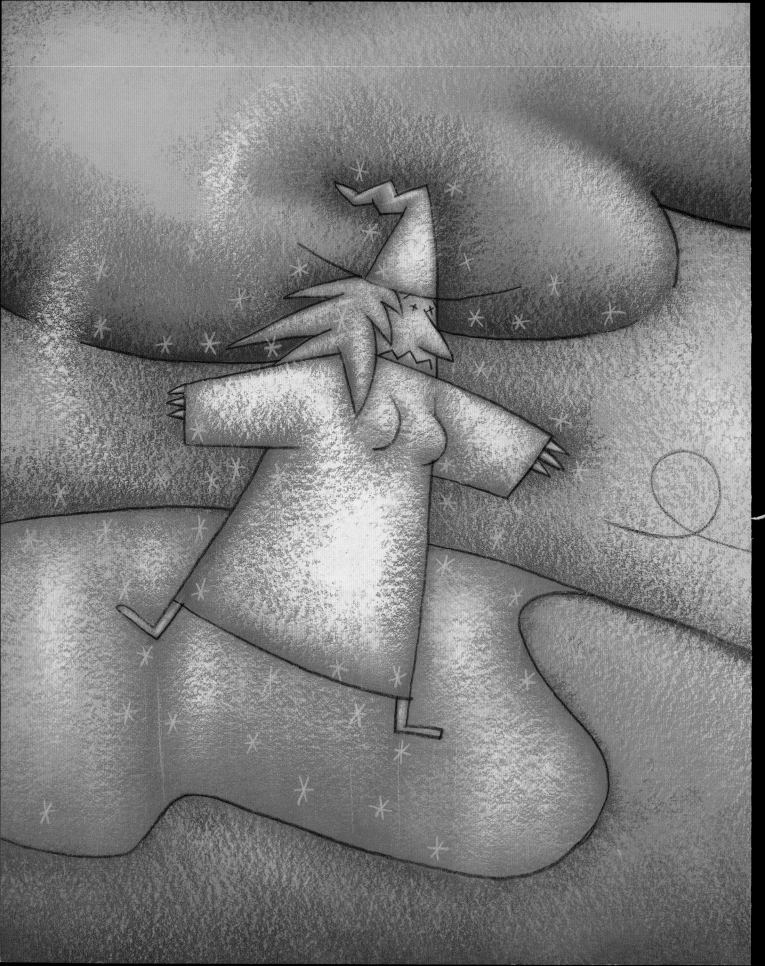

Malarpía merece un castigo adecuado:

Abracadabra, pata de cabra.

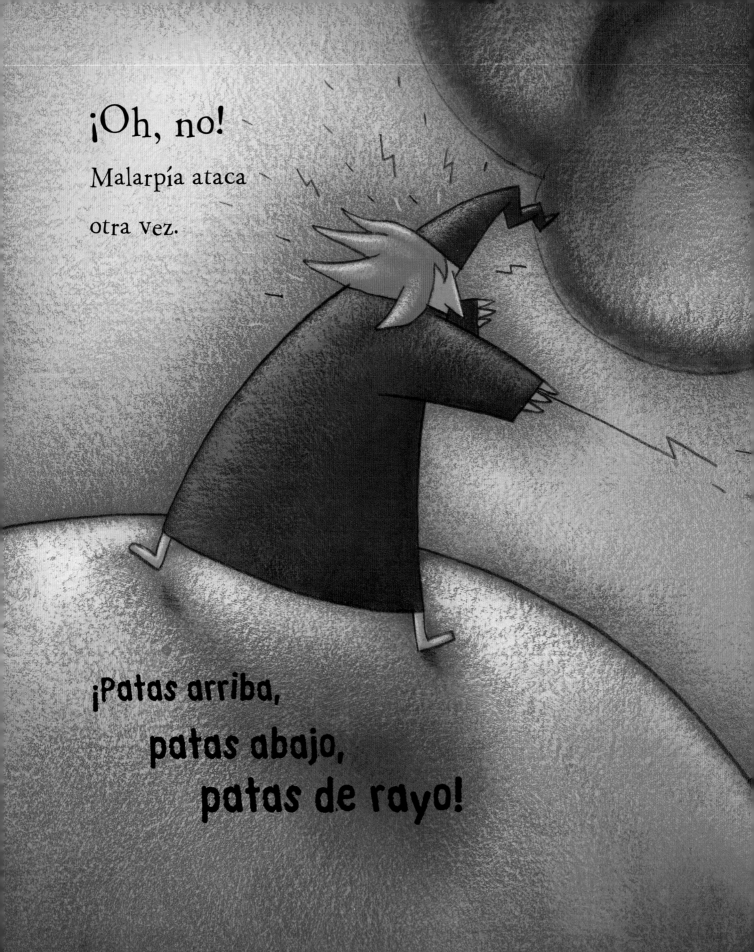

¡Oh, no!

Malarpía ataca

otra vez.

¡Patas arriba,
patas abajo,
patas de rayo!

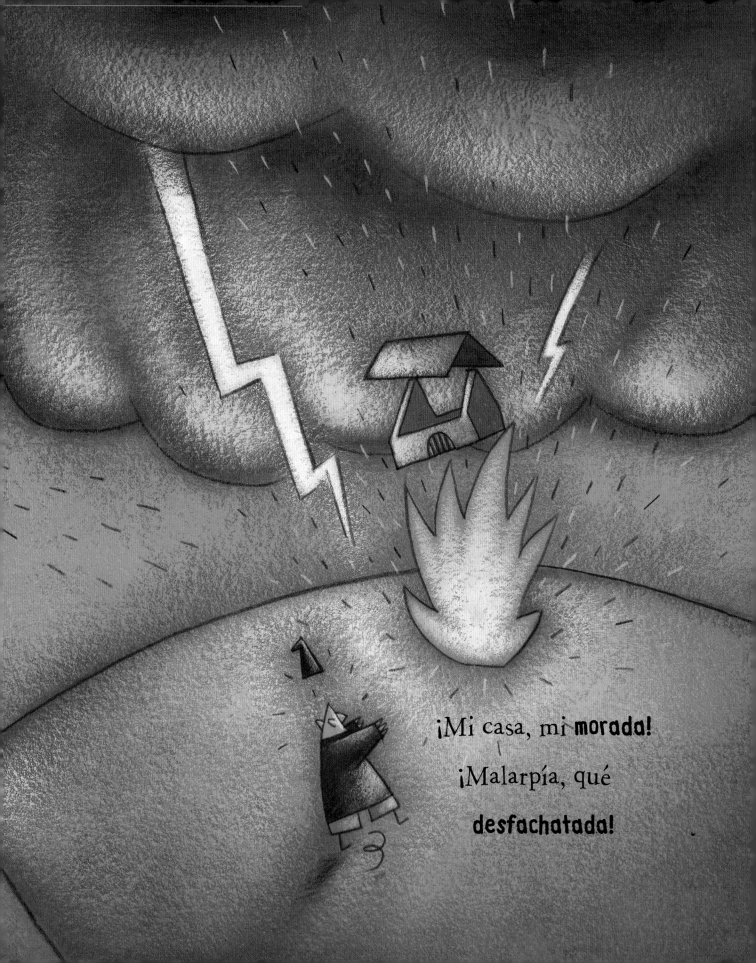

¡Mi casa, mi **morada**!

¡Malarpía, qué

desfachatada!

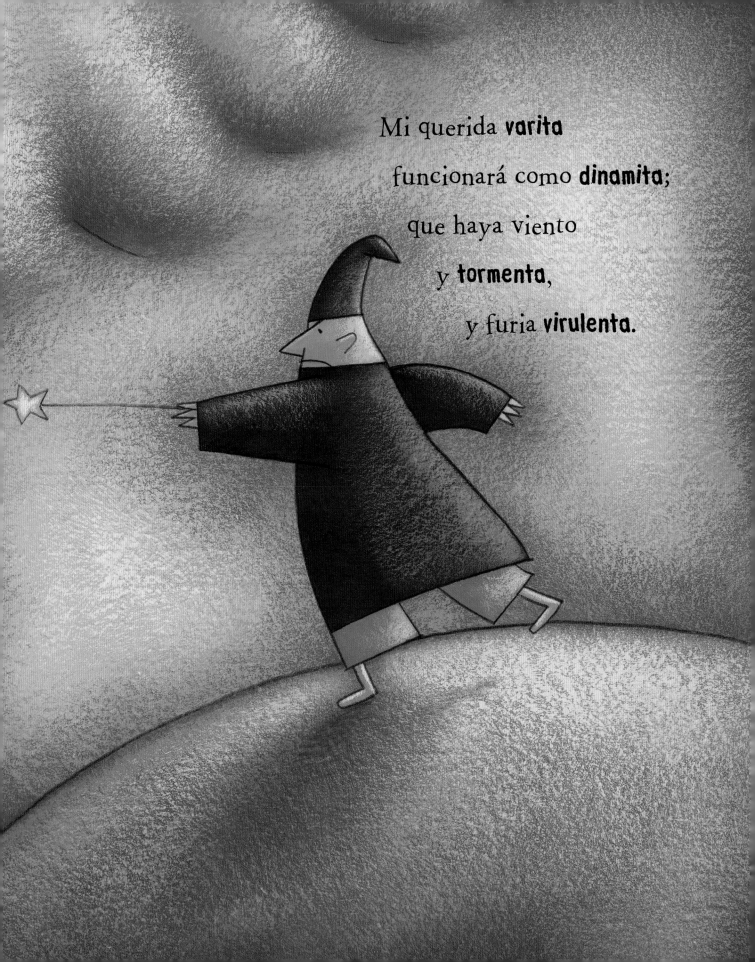

Mi querida **varita**

funcionará como **dinamita**;

que haya viento

y **tormenta,**

y furia **virulenta.**

Se acerca, ahí viene.

—¡Ratón **huracanado**!

—¡Bruja **empapada**!

—¡Mi casa, mi refugio!

—¡Y tú has destruido mi casa, mi morada!

Tal vez hayamos **exagerado**.

Posiblemente sea **demasiado**.

Con un movimiento doble de varita,
todo vuelve a su lugar.

Hasta pronto...

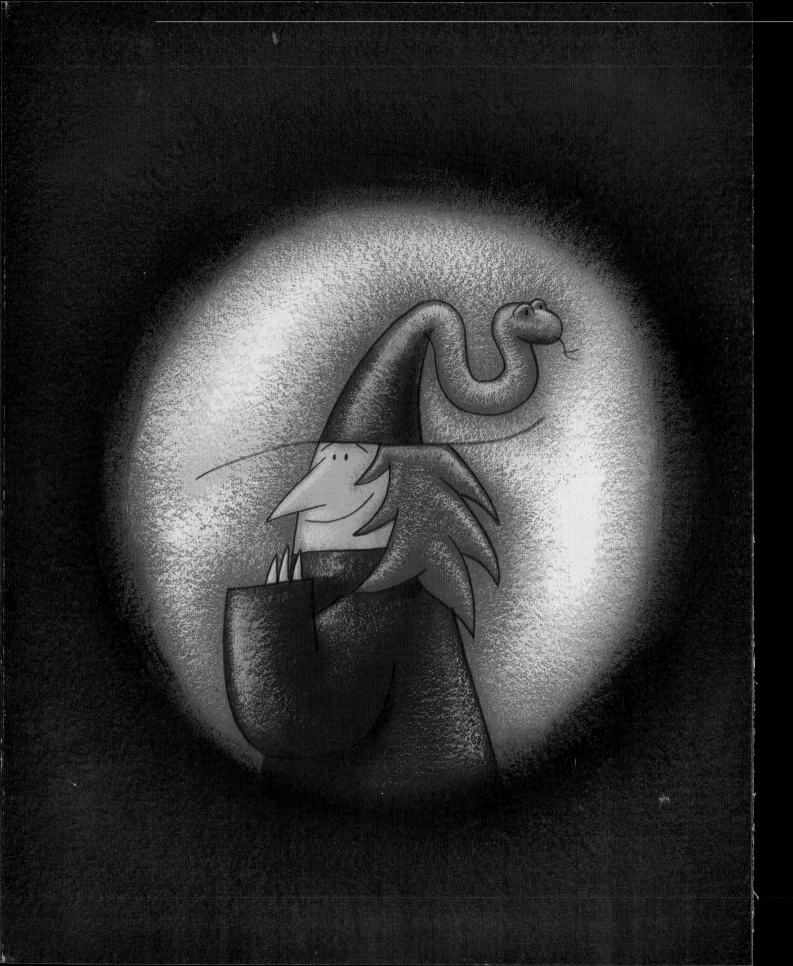